Moi, c'est
Turquoise

COLLECTION
PAPILLON

DU MÊME AUTEUR:

CHEZ LE MÊME ÉDITEUR:

Tu peux compter sur moi, roman, collection Papillon, 1990.

Parlez-moi d'un chat, roman, collection Papillon, 1992.

Du jambon d'hippopotame, roman, collection Conquêtes, 1992.

Le secret le mieux gardé, roman, collection Conquêtes, 1993.

CHEZ D'AUTRES ÉDITEURS:

Excursions, module V, nouvelles, Éditions FM, 1991.

Le baiser des étoiles, nouvelle, Éditions HMH, 1992.

Par ailleurs, Jean-François Somain a écrit (sous son nom ou sous le nom de Jean-François Somcynsky) 18 romans et recueils de nouvelles pour adultes, 70 textes et nouvelles dans des revues et anthologies, 18 œuvres radiophoniques et deux œuvres télévisuelles.

Moi, c'est Turquoise

roman

Jean-François Somain

ÉDITIONS PIERRE TISSEYRE
5757, rue Cypihot — Saint-Laurent, H4S 1X4

La publication de cet ouvrage a été rendue possible grâce aux subventions à l'édition du Conseil des Arts du Canada et du ministère de la Culture du Québec.

Données de catalogage avant publication (Canada)

Somain, Jean-François

   Moi, c'est Turquoise: roman

   (Collection Papillon ; 34).
   Pour les jeunes.

   ISBN 2-89051-538-9

   I. Titre. II. Collection : Collection Papillon (Éditions P. Tisseyre) ; 34

PS8587.0434M64 1993   jC843' .54   C93-097402-6
PS9587.0434M64 1993
PZ23.S65Mo 1993

Dépôt légal: 1er trimestre 1994
Bibliothèque nationale du Canada
Bibliothèque nationale du Québec

Illustration de la couverture
et illustrations intérieures:
France Brassard

1

LA PLUS BELLE
CHATTE DU MONDE

Moi, c'est Turquoise. C'est à cause de mes yeux, qui sont très beaux. Quand je suis calme, tranquille, reposée, ils sont du même bleu que le ciel lorsque le ciel est bleu. Si je suis très heureuse, et toujours aussi calme, ils deviennent bleu-vert. Deux véritables turquoises, et de la meilleure qualité.

Quand on m'énerve, bien sûr, ma pupille s'agrandit tellement que j'ai les yeux tout noirs.

Turquoise, donc. C'est un nom rare, pour une chatte. Mais je suis vraiment exceptionnelle. Ceci dit, oui, je suis du genre modeste. Un peu timide, des fois, mais ça passe vite. La modestie ne doit pas servir à cacher la réalité. Je suis très belle, intelligente et affectueuse. Et je ne m'en vante pas! On me trouve même très silencieuse. Je sais ce que je suis, ce que je vaux, et ça me suffit.

Je n'ai pas beaucoup de mérite: j'ai toujours été comme ça. Je regarde souvent les gens autour de moi. Après tout, je n'ai que ça à faire. Enfin, c'est plus compliqué, mais passons. Alors, j'observe les gens, et je remarque qu'ils ont bien des difficultés à vivre. On dirait qu'ils sont toujours en train de rectifier leur trajectoire, de se forcer pour être un peu plus fermes ou un peu plus doux, plus réservés ou plus accueillants, plus indulgents ou plus équitables, plus généreux ou plus raisonnables.

C'est comme Évelyne, qui apprend à se maquiller. Un peu de crème ici, un peu de couleur là. Non, c'est trop, enlevons-en. Là, ça ne va pas, il faut en rajouter. Des fois, ça lui prend une éternité. Moi aussi, je m'occupe de mon apparence. Mais je n'en fais pas toute une histoire.

Elle a quinze ans, Évelyne. Je l'aime bien. Surtout maintenant, qu'elle est souvent absente. C'est de son âge, je crois. Elle est toujours rendue chez un ami ou chez une copine. Et puis, la fin de semaine, elle travaille. Je crois qu'elle est vendeuse dans une épicerie. Je n'en suis pas sûre, parce que moi, je ne sors jamais. Oh, des fois, je vais dans le jardin, mais je n'y reste pas bien longtemps.

Quand elle passait plus de temps à la maison, elle faisait beaucoup de bruit. De la musique, la radio, la télévision, ça n'arrêtait pas. Elle jouait même de la guitare. Quand elle invitait des amis, ils faisaient tellement de tapage que je ne savais plus où me réfugier. Enfin, il semble bien que ce soit du passé.

Là, elle prend son bain. Ça veut dire qu'elle sortira, après le repas. Je l'ai regardée pendant qu'elle se déshabillait. Il n'y a que des femmes ici, et elles n'ont pas l'habitude de fermer les portes. C'est vraiment une belle fille. Et puis, elle a toujours été gentille. Comme les autres, d'ailleurs. Je crois que tout le monde m'aime. Je trouve cela bien naturel, mais je reconnais que j'ai eu de la chance d'aboutir dans cette maison.

Stéphanie est plus jeune. Elle vient d'avoir treize ans. Elle, c'est l'intellectuelle. Tranquille, studieuse, entêtée, et surtout silencieuse. Quand elle fait jouer de la musique, elle choisit surtout du classique. C'est parfois tellement beau qu'il m'arrive de marquer la mesure avec ma queue, sans m'en rendre compte.

Si elle a un défaut, c'est de m'oublier trop souvent. Elle est toujours ailleurs, à lire un livre ou à rêvasser. Quand Roxane n'est pas là, elle ne pense jamais à me nourrir. Je dois aller miauler et me frotter contre ses mollets pour lui rappeler mon existence. Évelyne, elle est tellement bien organisée qu'elle n'oublie jamais de remplir ma gamelle.

Ma préférée, on l'a deviné, c'est Roxane. C'est elle qui m'a adoptée, il y a dix ans, quand j'étais toute petite. Là, ce n'est pas une belle histoire. Comme bien des chats, je n'ai connu ma mère que pendant deux mois. Ensuite, on m'a mise en vente. Parfaitement! Et je valais cher, car je suis une chatte de race, une belle persane blanche, avec un rien de poils gris sur le dos.

Au bout de quelques semaines, ma première famille a trouvé que les enfants étaient allergiques à mon poil. C'est époustouflant! Comme si on pouvait être allergique à moi! Enfin, n'insistons pas. Il y a bien des choses incompréhensibles dans la vie. Toujours est-il que Roxane est apparue un jour et m'a amenée chez elle.

Avec Roxane, ce fut l'amour dès le premier regard. Elle avait des enfants, elle aussi. Évelyne et Stéphanie, bien entendu. Le père, je l'ai vu parfois, mais il ne vivait pas dans la maison. Moi, cela me convenait très bien. J'aurais préféré me trouver seule au monde avec Roxane, mais il faut prendre les gens comme ils sont, même avec leurs enfants.

Aujourd'hui, Roxane a trente-huit ans. On a fêté son anniversaire il y a quelques semaines. Comme je l'aime! C'est la femme la plus adorable qui soit. Et elle a toujours été comme ça: parfaite. Ce n'est donc pas étonnant que nous nous soyons bien entendues dès le premier jour.

Je l'entends, dans la cuisine. Elle est en train de remplir ma gamelle. Je reconnais les bruits, je sens l'odeur de nourriture, et j'ai une de ces faims! Mais je ne bouge pas. On ne se conduit pas en rustre affamé quand on s'appelle Turquoise.

— Turquoise! La bouffe!

Je me lève, puisqu'on m'appelle. Mais je fais d'abord un détour par la salle à manger. Je ne vais tout de même pas me précipiter sur mon bol! Je dois montrer que, si je vais manger, c'est parce que ça me plaît.

J'entre dans la cuisine. Stéphanie est en train de préparer le souper. Elle a annoncé qu'elle voulait apprendre à faire la cuisine. Et d'après les livres! Les conseils de sa mère, ce n'est pas assez bon pour elle. Elle ne croit qu'en ce qu'elle lit.

L'air digne, je m'approche de ma gamelle. Je renifle, je réfléchis, et je m'en vais. Il me faut bien leur faire savoir que, ce qu'elles me donnent, ce n'est jamais assez bon pour moi.

— Tu recommences ta comédie, mademoiselle Turquoise? dit Roxane.

Elle éclate de rire. Oui, je sais, je fais toujours ça. Et alors? On ne peut pas varier son répertoire à l'infini.

Je me mets à manger. C'est vraiment délicieux! Et Roxane a mis son peignoir. Magnifique! Une belle soirée tranquille en perspective, surtout quand Évelyne s'en ira retrouver ses amis.

2

ATTENTION: DANGER

Dans la maison, le repas du soir se prend toujours en famille. Enfin, presque toujours. Il arrive que Roxane soupe en ville, et les filles s'arrangent toutes seules. Ou bien, c'est Évelyne qui a une sortie. Et puis, depuis quelque temps, Stéphanie aussi passe parfois la soirée à l'extérieur: on lui permet de garder des enfants, à condition que sa mère soit à la portée d'un coup de téléphone.

Les humains sont des gens très étranges, quand on est une chatte. Le matin, les trois se lèvent à la même heure. Elles se sont quand même arrangées pour ne pas prendre leur douche en même temps. Cela aussi, c'est curieux: la douche, ou le bain. Moi, je n'aime pas l'eau. J'y passe une ou deux fois par an, surtout à cause de mes pattes. Elles se salissent vite durant l'été, quand je sors souvent dans le jardin. Je suis du genre propre, mais je me nettoie toute seule, avec ma langue. Les humains ont besoin de beaucoup d'eau pour se laver. Le plus bizarre, c'est que Roxane et les filles aiment ça. Je n'ai jamais compris le plaisir qu'elles pouvaient prendre à se mouiller et à se savonner.

Ensuite, elles déjeunent. Ce ne sont pas des grandes mangeuses. Heureusement, le matin, elles pensent toujours à moi. J'ai toujours dans ma gamelle de quoi grignoter toute la journée. Et puis elles disparaissent. J'ai appris que Roxane allait travailler et que les filles se rendaient à l'école.

Durant la journée, je garde la maison. Je surveille très bien, et personne ne vient. Sauf le mardi, le jour de la

femme de ménage. Elle me tient compagnie, en nettoyant ici et là, pour passer le temps. Je l'aime bien, sauf lorsqu'elle se promène avec l'aspirateur, qui fait toujours un bruit monstrueux. Puis elle disparaît, elle aussi. Moi, je préfère passer le temps en sommeillant, en rêvassant. Je me lève parfois, je marche, je cours, je saute, puis je me rendors. Il ne me faut pas grand-chose pour apprécier la vie.

Les filles reviennent durant l'après-midi. Roxane arrive un peu plus tard. Et là, c'est la soirée. Ça commence toujours par le repas. Ensuite, il y a le bavardage, les livres, la télévision, les jeux avec l'ordinateur, la musique, des gens qui viennent parfois. On s'occupe aussi de moi, on me caresse, on m'admire. Et elles vont toutes se coucher.

La fin de semaine, c'est spécial. C'est comme une soirée qui durerait deux jours. Des activités, des visites, des sorties. Je ne sais jamais à quoi m'attendre. Mais on pense aussi à moi, on me flatte, on me fait courir un peu, on me cajole. C'est bon. Vraiment, je suis très bien dans cette maison.

Ce soir, je l'ai dit, c'est Stéphanie qui a préparé le repas. Elle a fait du riz et du poisson, que j'aime beaucoup. J'espère qu'elles m'en laisseront un peu! Comme d'habitude, je leur tiens compagnie. C'est moins agréable que dans le salon. Je vois surtout des pieds, car je n'ai pas le droit de monter sur la table. Dans le salon, je peux m'asseoir à côté de Roxane, sur le divan. Dans la salle à manger, je dois rester sur le tapis, en étirant parfois le cou pour voir ce qu'elles mettent dans leurs assiettes.

Au moment du thé, Roxane fait sa grande déclaration:

— Vous ne devinerez jamais, les filles: j'ai rencontré un homme.

Sa voix a un peu changé. Elle a sans doute longtemps réfléchi à ce qu'elle voulait leur annoncer.

— On le savait, répondent Évelyne et Stéphanie, en même temps.

Pauvre Roxane! Elle regarde ses filles, comme si on lui avait gâché sa surprise. Je crois qu'elle ne sait plus comment rattraper le discours qu'elle a préparé.

— Il me plaît beaucoup, dit-elle.

J'aime son air rêveur, mais je me méfie quand même. Je n'aime pas les choses imprévues. Pour moi, le bonheur, c'est une vie casanière, chaque chose à sa place et rien d'inattendu.

— Cela aussi, on le savait, déclarent les deux filles, toujours en même temps.

Elles semblent trouver la situation très drôle. Roxane fronce les sourcils. Elle ne s'attendait pas à cette réaction. Il faut dire que les humains aiment tout compliquer. Je crois qu'ils ont bien des difficultés à comprendre la vie. Ce n'est pas mon cas.

— Est-ce que vous m'espionnez? demande Roxane, en faisant semblant d'être très sérieuse.

— On t'entend lui parler au téléphone, explique Stéphanie.

— Et je suis sûre que Michel est quelqu'un d'extraordinaire, ajoute Évelyne.

Là, Roxane se croise les bras.

— Et comment sais-tu son nom?

— On n'est pas sourdes! Tu as toujours une voix spéciale, avec lui, dit Évelyne, d'un ton langoureux.

— Tu n'as jamais été comme ça avec d'autres hommes, précise Stéphanie.

— Il y a eu votre père, quand même!

J'ai l'impression que Roxane s'est fourvoyée. Elle n'a sans doute pas voulu comparer ce Michel au père des deux filles. C'est venu comme ça, et je sens que c'est très grave.

— Papa, on ne sait pas, dit Évelyne. Nous étions toutes les deux trop jeunes quand vous vous êtes séparés.

Stéphanie étouffe un petit rire. Je sais que c'est nerveux.

— Maman est amoureuse! Maman est amoureuse!

— Et alors? lance Évelyne. Il était temps!

— Bon, dit Roxane, frustrée. Puisque vous savez tout, je n'ai plus rien à dire.

Évelyne se lève et l'embrasse sur la joue. Ça ne lui arrive pas souvent, d'être tendre avec sa mère. Je sens que cette histoire ne s'arrêtera pas là. Moi qui ai horreur d'être dérangée!

— Ce que tu dois faire maintenant, dit Évelyne, c'est de l'inviter. On a hâte de voir à quoi il ressemble, ton Michel!

3

LE GRAND TEST

Il est venu. Je ne sais pas quoi penser de tout cela.

À vrai dire, il ne s'agit pas de ce Michel, mais de moi. Oh, on dira encore que je ne pense qu'à ma petite personne, mais je suis comme ça et c'est tout. Au fond, je suis comme tout le monde. Ça me fait bien plaisir de rencontrer quelqu'un de bien. Ce qui ne m'empêche pas de réfléchir à ma vie à moi.

Donc, je l'ai dit, Michel est une bonne personne. Le contraire aurait été plutôt surprenant. Après tout, si Roxane m'a choisie, cela veut bien dire qu'elle a du goût, n'est-ce pas? Elle ne laisserait pas battre son cœur pour n'importe qui. On me dira, et c'est bien vrai, que, lorsque les gens sont amoureux, ils ne voient plus très clair. Et alors? Avant d'en tomber amoureuse, Roxane l'a bien regardé, son Michel! Elle a vu qu'il méritait d'être aimé!

Quand même, je suis un peu triste. Je croyais qu'elle n'aimait que moi, qu'elle n'aimerait que moi. Je ronronne si bien, quand elle me caresse! Il m'arrive même de ronronner avant qu'elle ne me touche. Que pouvait-elle vouloir de plus? Mais ça, ce sont les choses des humains, qu'il est difficile de comprendre.

Évidemment, ce n'était pas la première fois que je la voyais avec un homme. Les autres, je les trouvais généralement gentils, mais je savais qu'ils ne s'attarderaient pas. C'étaient des passants. La première fois que Roxane a parlé de Michel à ses filles, j'ai senti le danger. À lui, Roxane ne se contenterait pas de lui dire bonjour et au revoir.

Il est donc venu. C'était dimanche. Elles avaient décidé de faire un barbecue. L'été, elles aiment bien manger dehors. Moi, ça me plaît aussi. Des fois, elles me jettent des morceaux de viande. C'est un jeu. Je peux les prendre entre mes pattes, jouer avec, et les déguster dans l'herbe.

Les filles étaient très énervées. Roxane a dû leur dire cent fois de ne pas s'exciter comme ça, qu'il s'agissait d'un invité, et qu'il fallait se comporter normalement. Qu'il allait venir avec son fils Philippe. Qu'elles pourraient jouer avec lui, et lui faire la gentillesse de la laisser seule avec le père.

— Philippe, Philippe! s'exclama Évelyne, en haussant les épaules. Tu nous a dit qu'il n'avait que douze ans. Ce n'est pas intéressant, les garçons de cet âge!

— Parle pour toi! protesta Stéphanie, qui avait treize ans. Moi, ça me convient très bien. Et tu pourras jouer à la grande sœur!

— C'est vrai qu'avec tes lectures, il serait prudent de te surveiller!

— Mes lectures? Qu'est-ce que tu as à en dire? Si tu lisais davantage, tu ne te laisserais pas embobiner par le premier garçon boutonneux!

— Étienne n'a pas de boutons! Enfin, presque pas.

Roxane secouait la tête, en souriant. Moi, je l'admire. Vivre avec ces deux filles, ce n'est pas du repos!

— Bonjour!

Michel venait d'arriver. Évelyne et Stéphanie le contemplaient, sidérées. Oh, il n'était pas particulièrement beau, ni spécialement impressionnant. Mais elles y avaient tellement pensé, qu'en le voyant en chair et en os, elles ne pouvaient s'empêcher de le dévorer des yeux.

Lui, il a commencé par embrasser Roxane. Et pas sur la joue! Ensuite, tranquillement, il a touché les filles à l'épaule. Et bonjour Stéphanie, et bonjour Évelyne, comme s'il les connaissait. Bien sûr, ce n'était pas sorcier, Roxane lui en avait parlé.

Il m'étonnait. Il s'est installé dans une chaise de jardin, tout simplement, en admirant les fleurs et la pelouse. On aurait cru qu'il venait d'arriver chez lui. Sans que ça paraisse étrange, ou déplacé. Je crois qu'il se sentait partout chez lui. Et là, nous nous ressemblions.

— Et Philippe? demanda Stéphanie.

— Il n'a pas voulu venir. Tant pis pour lui! S'il t'avait vue, il serait arrivé en courant.

— Comment ça, «il n'a pas voulu venir»? dit Évelyne.

— Philippe est comme ça. Un peu fantasque, et capricieux. Si les choses ne lui conviennent pas, il dit non, et c'est tout. Et moi, je ne tiens pas à le forcer à faire quoi que ce soit. Sauf quand il s'agit de ses devoirs.

— Ah, bon!

Elle était déçue. Moi, non. Une personne de moins, ça fait moins de bruit et moins de mouvement autour de moi. Michel finit par m'apercevoir.

— Tiens, c'est Turquoise? La fameuse Turquoise! Laisse-moi voir tes yeux.

Il a essayé de me prendre dans ses bras. Ça, ça me fait horreur. Quand j'ai envie d'être prise, je m'approche des gens. Le reste du temps, je préfère que chacun garde ses distances. Je me suis débattue et il m'a remise par terre. En souriant.

— Mille excuses! dit-il. C'est vrai que tu as des yeux splendides. Des turquoises. C'est-à-dire du phosphate d'aluminium et de cuivre naturel.

— Michel est chimiste, expliqua Roxane à ses filles.

Chimiste! Je trouvais surtout qu'il n'avait aucun sens de la poésie. Du phosphate de je ne sais pas quoi, mes yeux!

Enfin, il ne faut pas juger les gens prématurément. Moi, je suis très raisonnable. D'ailleurs, sait-on jamais? Il avait peut-être raison, sur le plan de la chimie. Alors, j'ai décidé de lui faire passer un test.

C'était très facile. Non seulement il avait apporté du vin, mais il voulait bien s'occuper de préparer les braises et de faire cuire la viande. Avec tout ça, il bougeait beaucoup entre la terrasse et la cuisine. J'ai décidé de le suivre. La première fois, quand il est entré dans la cuisine, je me suis mise à miauler. Il est revenu sur ses pas et m'a ouvert la porte.

Parfait. Mais je me suis aussitôt retournée, en griffant la porte. Il l'a alors ouverte, pour me laisser ressortir. Peu après, il s'est installé dans sa chaise, dehors, pour goûter à son vin. Je me suis alors assise face à la porte. Il s'est levé, il m'a fait entrer, et il est retourné s'asseoir. C'est alors que j'ai miaulé.

Au deuxième miaulement, il s'est relevé et m'a laissée sortir. Et nous avons continué, comme ça, en attendant que la viande soit prête.

Roxane s'était rendu compte de mon manège. Allait-elle me dénoncer? Elle était trop perplexe pour cela. À la fin, c'est Michel qui m'a regardée droit dans les yeux.

— Tu as une tête de Turque, Turquoise!

Et il a éclaté de rire. Je n'en menais pas large. Me faire traiter de Turque, moi, une persane! Il y a des gens qui ne connaissent pas leur géographie.

De toute façon, j'avais gagné. Il m'avait ouvert la porte douze fois.

— Tu ne crois pas que tu exagères, Turquoise? me gronda Roxane, doucement.

Je me suis frottée contre ses jambes, ce qui arrête toujours ses critiques. Moi, j'ai un vocabulaire limité, mais je me débrouille très bien pour comprendre les gens. Et le vocabulaire, c'est aussi utile quand il faut faire semblant qu'on n'a pas compris.

Michel avait bien passé le test de la porte. Vous voyez, même sans parler, je me fais comprendre. Enfin, la plupart du temps. Avant de partir, le soir, Michel a pris quelques secondes pour me gratter la nuque. J'ai ronronné, bien sûr. C'était vraiment une bonne personne.

4

ÇA S'ANNONCE MAL

La vie a repris son cours normal. C'est comme ça qu'elle est à son meilleur. Moi, les dérangements, ça me dérange beaucoup. Il faut toujours revoir la situation, être sur le qui-vive, modifier ses habitudes.

Les filles, par exemple. Quand je les ai connues, elles étaient toutes petites. Je m'y suis fait. Mais Évelyne est devenue de plus en plus bruyante, active comme on ne devrait pas l'être, pleine de curiosité pour tout. Elle grandissait, quoi! Stéphanie bougeait moins, mais elle prenait du caractère, elle s'affirmait, elle s'imposait. Et moi, je devais toujours m'adapter à leur nouveau comportement.

L'idéal, ce serait d'être seule au monde avec Roxane. Toujours d'humeur égale, soucieuse de mon bienêtre, elle est impeccable. Et, surtout, elle est fiable.

Ou elle l'était. Je sens qu'il y a quelque chose de changé. C'est dans l'air. Michel n'est pas revenu, mais elle lui parle au téléphone et elle le rencontre le soir, deux ou trois fois par semaine. Je suis très inquiète. Et j'ai raison de me méfier! Les humains font des choses bizarres quand ils ont besoin d'affection.

Évelyne taquine parfois sa mère. Hier, elle a eu un petit mot délicieux, du genre qu'on lance comme une flèche et qui vous va droit au cœur:

— Maintenant que tu es amoureuse, tu me comprendras mieux!

Roxane en est restée bouche bée. Bien sûr, elle savait qu'Évelyne avait des amis, et qu'elle en aimait certains plus que d'autres. Mais elle n'était pas habituée à ce genre de remarque.

Stéphanie, la silencieuse Stéphanie, s'est aussi mise de la partie:

— Moi, dit-elle, avoir une mère amoureuse, je trouve ça formidable! C'est aussi beau que dans mes livres.

Roxane les a regardées en souriant. Elle secouait la tête, les bras croisés. Que faire avec de telles filles? Je crois qu'elle se sent un peu plus vulnérable. L'amour, chez les humains, c'est souvent comme ça. Je le sais, parce que je devine tout.

Alors, la vie a repris son cours normal, mais ce n'est pas entièrement vrai. Il y a quelque chose de changé.

Ce soir, nous sommes toutes les quatre dans le salon, ensemble et heureuses. Il y a vraiment des instants où l'existence est absolument douce et exquise. Roxane et les filles jouent au Scrabble. Ça les amuse beaucoup et elles choisissent parfois des mots qui les font rire.

— «MAMOURS», c'est français? demande Évelyne.

— Je crois même que ça se fait dans toutes les langues, dit sa mère, en souriant.

On vérifie dans le dictionnaire. Oui, le mot s'y trouve. Évelyne pose ses lettres, fait le compte et se trouve bien en avant des autres. Stéphanie semble frustrée. C'est elle, la liseuse, celle qui connaît tous les mots, et elle est en train de perdre!

La partie continue. Stéphanie se mord les lèvres en regardant ses lettres: SOIQRUE. Elle les sépare: QUOI RES. Que faire avec ça? Elle essaie encore: ROIS QUE. Oh, si elle pouvait faire un seul mot avec ces lettres!

Je triche rarement, mais j'ai envie de l'aider. Alors, je passe à côté d'elle, en l'effleurant de ma queue.

Tout à coup, son visage s'illumine. Elle a remarqué un «TU» sur le damier. L'air victorieuse, elle étale les siens et écrit: «TURQUOISE».

— Bravo! s'écrie Roxane.

— Tu n'as pas le droit! proteste Évelyne. Turquoise, c'est un nom propre.

— Ce n'est pas la chatte, explique Stéphanie, c'est du phosphate d'aluminium et de cuivre naturel.

Je suis heureuse de l'avoir aidée à gagner. Même si elle fait semblant qu'il s'agissait d'un caillou, je sais bien qu'elle a surtout pensé à moi.

Mais, évidemment, cette allusion au phosphate leur rappelle à toutes l'existence de Michel. Et c'est Roxane, un peu plus tard, qui soulève la grande question qui flottait dans la maison depuis quelque temps.

— Vous savez, les filles, j'ai quelque chose à vous dire.

— Tu vas encore parler de Michel? demande Évelyne, en faisant cligner ses paupières sur un regard exagérément langoureux.

— Arrête de te moquer! lance sa sœur. C'est quoi, maman?

— Des fois, je songe à vivre avec Michel. Je me demande ce que ça donnerait. Je ne sais pas, mais j'y pense.

Je sens mon poil qui se hérisse. Signal: DANGER. Je regarde Roxane. Elle n'est pas sûre d'elle. Les humains hésitent souvent. Moi, jamais. Je fais parfois semblant, pour soigner ma réputation. Par exemple, on l'a vu, je ne me précipite jamais sur mon bol. Mais je sais ce que je veux et ce que je ne veux pas. Les humains se posent toujours des questions, même quand ils ont la réponse.

— Tu veux dire: que Michel vienne habiter ici? demande Évelyne.

— Oui, c'est ça. Pendant quelque temps, pour voir si ça marche.

Là, c'est la grande conversation. Il n'y a jamais eu d'homme dans la maison. Avant, oui, bien sûr. François, le père des filles, a bien dû vivre avec Roxane avant leur séparation. Mais depuis que je suis là, depuis dix ans, c'est la paix. Je suis très inquiète.

— Alors, qu'est-ce que vous en pensez?

— Moi, je suis d'accord, dit Évelyne. En principe. Mais...

— Mais quoi?

— Si j'amenais un garçon vivre avec nous, est-ce que ça te ferait plaisir, à toi aussi?

Roxane change de visage. Oh, elle reste calme, mais je crois qu'elle n'avait pas vu la chose de cette façon. Heureusement, Stéphanie ajoute une autre dimension au problème:

— Et Philippe? Car Michel viendrait avec son fils, celui qui ne veut pas nous voir.

— Ce n'est pas juste, proteste Roxane. Le barbecue, ça ne le tentait pas. Mais je suis sûre qu'il s'entendra très bien avec vous.

— Supposons. Mais comment on va s'arranger? La maison est trop petite. Est-ce que je devrai laisser ma chambre à Michel et partager celle d'Évelyne?

— Il n'en est pas question! déclare Évelyne.

— On pourrait l'installer dans le sous-sol, suggère Roxane.

— Et où est-ce qu'on jouera? En été, passe encore; mais en hiver? Non, c'est impossible.

Roxane hoche la tête, incertaine.

— Au fond, dit-elle, je dois encore y penser. Ce n'est pas une décision facile, vous savez. On en reparlera.

— Tu sais, maman, quoi que tu décides, on s'arrangera toujours, affirme Évelyne, qui a vraiment le cœur dans la main.

Roxane l'embrasse, émue. Stéphanie ne dit rien. Pensive, elle continue à examiner la situation.

— Ce serait quand même intéressant, d'avoir un frère, déclare-t-elle.

5

JE BOUDE, ET APRÈS?

Évidemment, on ne m'a pas consultée. Pourtant, ça fait plusieurs jours qu'elles en parlent, de Michel et de son fils. On ne me demande jamais mon avis, à moi! Je suis la chatte de la maison. On me nourrit, on me caresse et on me laisse sur mon divan. Comme si ça pouvait suffire! J'ai une personnalité, moi! J'ai des intérêts, des préférences, des aversions. Est-ce que j'ai envie d'avoir un homme dans la maison? D'en avoir deux?

Rien que d'y penser, je me sens déjà traumatisée. Je crois que je vais être malade. Ça m'arrive une fois ou deux par année. Nous autres, les chattes de race, nous avons la santé fragile. Du tartre sur les dents, des problèmes de digestion, un excès de poil qui nous fait vomir, des infections de l'œil, des maladies de la peau, et j'en passe! Roxane dit parfois que je lui coûte cher. Elle devrait savoir, depuis le temps, que je suis sans prix.

Je crois que j'ai besoin d'air. Je m'installe devant la porte. Il y a un grand miroir sur le mur, mais je ne me regarde jamais dans la glace. Le miroir n'est pas assez beau pour moi.

J'attends. Finalement, Stéphanie me remarque.

— Tu veux sortir? Viens, je vais t'ouvrir la porte.

Elle se rend à la cuisine. Elle m'appelle.

— Turquoise! Turquoise!

Elle aurait pourtant dû s'apercevoir que je voulais sortir par la porte principale. Vraiment, les humains ont parfois la tête dure.

— Turquoise! Tu viens ou non?

Décidément! Je sais, il faut toujours faire semblant d'écouter les gens. C'est plus prudent, pour survivre dans ce monde. Mais je suis de très mauvaise humeur, aujourd'hui.

— Miaou!!!!

Il est aussi important d'en faire à sa tête. Surtout quand on a envie de bouder. Finalement, Roxane s'approche et m'ouvre la porte.

Mon adorée! Elle me comprend, elle! Je sors donc par la porte d'en avant et je fais le tour de la maison. Après tout, c'est bien dans le jardin que je veux aller. J'aime ça, m'étendre sur le gazon pour réfléchir.

Un écureuil descend de l'érable et me regarde. À vrai dire, il me nargue. Il veut me provoquer pour que je lui coure après. Des fois, je veux bien jouer. Je sais qu'il sautera sur la clôture et qu'il disparaîtra derrière les lilas avant que je puisse le rattraper, mais il m'arrive d'aimer l'exercice.

Aujourd'hui, je le regarde à peine. Comme si j'avais le temps de m'en occuper! On menace de bouleverser ma vie, et je devrais courir après un stupide écureuil? Qu'il aille au diable!

41

Je le sais déjà, ce sera une catastrophe. Deux hommes! Michel ne m'a pas déplu, c'est vrai. Je crois que je pourrais le dresser. Après tout, il m'a bien ouvert la porte douze fois de suite. Mais s'il était là en permanence, est-ce que Roxane trouvera encore le temps de me caresser? Elle ne verra que lui. Pourquoi donc faut-il que les gens tombent amoureux? On était si bien, jusqu'à présent!

Et Philippe! Je ne l'ai jamais vu, mais je me méfie des garçons. Pendant quelques années, nous avons eu des voisins qui avaient un enfant. Ils lui avaient donné un chat, et le garçon le prenait toujours de force dans ses bras. C'était épouvantable! Il ne lui demandait pas s'il en avait envie. Et des fois, quand le chat se cachait sous la haie, il le tirait par la queue. J'en frémis encore.

Non, je ne veux pas les avoir dans la maison! Au contraire, je voudrais qu'Évelyne et Stéphanie s'en aillent ailleurs, et rester seule avec Roxane. Pas deux de plus, mais deux de moins.

Un oiseau se met à voler au-dessus de moi. Quel impertinent! Et il ne se contente pas de faire des tours. De

temps en temps, il descend et arrive presque à me frôler.

Je fais semblant de dormir. L'oiseau piaille en continuant son manège. J'attends.

Enfin, je saute et l'attrape en plein vol! Je suis dégriffée, mais j'ai de bonnes pattes. Je le regarde, sans le lâcher. Nous autres, les chats, nous sommes des chasseurs. Quand je prends une mouche, je l'avale tout de suite. Une fois, j'ai attrapé une souris. J'ai joué un bout de temps avec elle, avant de lui briser la nuque d'un coup de dents. Mais qu'est-ce que je ferai avec cet oiseau plein de plumes?

Stéphanie sort en courant, furieuse.

— Turquoise! Veux-tu bien lâcher cette bête!

J'ai compris. Je laisse partir l'oiseau puis je me dirige, nonchalante, vers la maison. Des fois, la vie n'est pas facile.

6

LA PAIX, ENFIN!

Tout s'est arrangé comme je le voulais. J'ai la paix.

Au fond, tout s'était préparé sans que je le sache. C'était entendu d'avance. Seulement, je ne peux pas être partout, moi, à écouter la sonnerie du téléphone et à essayer de découvrir ce que les gens racontent et font quand je ne suis pas là.

D'abord, ce fut Évelyne. Un jour, elle a commencé à faire sa valise. Je n'ai pas aimé cela. Je croyais qu'on allait encore m'emmener quelque part pour la fin de semaine. Il y aurait alors un voyage en voiture, et j'ai horreur du bruit du moteur et des vibrations de la carrosserie. Mais non. Évelyne faisait sa valise parce qu'elle s'en allait.

— Tu verras, tu aimeras beaucoup ça! disait Roxane. Deux semaines en Europe! Tu verras Paris, la Provence, l'Italie! Oh, ce que je donnerais pour être à ta place!

C'était un tour organisé par son école. Évidemment, j'aurais préféré qu'elle parte pour deux mois. C'est très éducatif, les voyages, pour les jeunes. Parce qu'ils voient des choses nouvelles, et parce qu'ils sont loin de leur famille. Entre élèves, les jeunes se découvrent eux-mêmes, et c'est bon. Je le sais, parce que j'utilise mes cellules grises, moi, et je comprends les choses de la vie.

Ensuite, ce fut Stéphanie. Elle, c'était différent, elle ne s'en allait pas au diable vauvert. Les autres années, François offrait toujours à Évelyne quinze jours de camping. François, c'est leur père. Je le trouve assez bien, même s'il n'aime pas les chats. Il l'a dit une fois, il y a dix ans, et je m'en souviens encore. Mais cela ne me dérange pas. Moi non plus, je n'aime pas tellement les gens. Sauf Roxane, bien sûr. Et les filles, à la rigueur.

François, donc, avait l'habitude, chaque été, de faire deux semaines de camping avec Évelyne. Cette fois, c'était impossible, à cause du voyage en Europe. Par contre, Stéphanie avait déjà l'âge de passer quinze jours en forêt. Je ne sais pas pourquoi, mais elle semblait très contente. Contente d'être avec son père, contente de ses vacances et contente de connaître la nouvelle femme de François, qui l'intriguait beaucoup. Moi, ce qui me fait plaisir, c'est de rester à la maison. Enfin, à chacun ses goûts et ses désirs!

Des fois, la vie est tellement belle! Moi, j'étais heureuse. Pendant qu'Évelyne et Stéphanie découvraient le monde, j'étais seule avec Roxane, mon adorée! Sait-elle toute l'admiration que je lui porte? Je crois que oui. Je ne me lasse pas de la regarder. J'ai toujours envie de me serrer contre elle, de m'installer sur ses genoux, de fondre sous ses caresses.

Roxane, c'est la femme la plus merveilleuse, la plus intelligente, la plus brillante qui soit. La preuve, c'est qu'elle m'aime. Je le sens chaque fois qu'elle me prend dans ses bras. Je pourrais alors ronronner sans m'arrêter pendant des années.

Maintenant que nous sommes seules, toutes les deux, comprendra-t-elle qu'il n'y a pas de plus grand bonheur? Que Michel et son fils ne pourraient que troubler cet immense bien-être? Qu'elle ne trouvera jamais quelqu'un qui l'aime autant que moi?

Et je me mets à sa place. Qu'est-ce qu'on pourrait souhaiter de mieux que de passer ses soirées avec moi? Je suis la plus belle chatte du monde.

Je le dis sans la moindre vanité, d'ailleurs. Au fond, je n'ai pas de mérite: je suis née comme ça. Il faut en féliciter mes parents, et leurs parents, et les parents de leurs parents. Toujours est-il que je suis vraiment superbe, une persane impeccable, comme on en voit rarement.

La beauté, ça se soigne. Moi, j'entretiens mon poil. Ce n'est pas toujours drôle. Je mets une goutte de salive sur ma patte et je me frotte le front, les joues, les oreilles. Je me lèche les pattes, le buste, le ventre. C'est fatigant, mais il le faut. À la longue, j'ai la gorge et l'estomac pleins de poils, que je dois bien régurgiter. C'est déplaisant. Mais quand on est aussi belle que moi, on doit bien s'occuper de son apparence.

J'entretiens aussi ma personnalité. Avoir mauvais caractère, ça prend beaucoup de talent. J'y pense, parce que Roxane est en train de me peigner. Je sais que c'est nécessaire. Si elle négligeait de le faire, mon poil se ramasserait en boucles, comme les moutons. Mais ça ne m'empêche pas de me débattre et de miauler comme si on allait m'égorger.

— Du calme, ma belle! dit Roxane. On ne t'a jamais dit que, se faire brosser, c'est une façon de socialiser?

Socialiser, quand on me martyrise! Moi, je trouve ça cruel, et surtout humiliant. Elle m'arrache des touffes de poil, elle me dit que j'ai le derrière crotté, elle menace de me faire un shampoing, et je dois faire semblant d'aimer cela? Je crie, je hurle, j'essaie de la griffer. Malheureusement, elle a l'habitude de me peigner et sait devancer mes gestes.

Enfin, la torture prend fin. Je m'enfuis! Mais c'est vrai que je me sens mieux. Plus aérée, plus légère. Je retourne donc vers Roxane, en ronronnant. Elle me caresse la nuque, le cou, jusqu'à ce que je défaille de bonheur.

— Et demain, ce sera le vétérinaire, dit-elle, doucement.

Pas encore lui! Je le sais, il va me faire des piqûres! Mais ça ne fait rien. Je me blottis contre Roxane, les yeux en extase. Peu importe le prix, je veux rester avec elle, toujours, et rien qu'avec elle!

7

COMMENT J'AI
APPRIVOISÉ PHILIPPE

Vraiment, les humains, ce n'est pas un cadeau! Ils sont compliqués, imprévisibles, déraisonnables. Heureusement que je suis très intelligente, autrement je serais bien malheureuse. Et puis, en plus d'être intelligente, je suis très philosophe.

Ce qui est arrivé? Roxane me caressait beaucoup plus que d'habitude. Sous le menton, sur les reins, sur la nuque, sans oublier le ventre et les aisselles. Bref, j'étais au paradis. J'en oubliais même ma visite chez le vétérinaire et ses deux piqûres. Pour tout dire, je ronronnais comme un vrai moteur.

Roxane me caresse toujours comme ça quand elle est heureuse. Comme j'ai mon petit côté naïf, je croyais qu'elle avait finalement compris que, son bonheur, c'était d'être avec moi. Mais non!

— Tu sais quoi? dit-elle. Michel viendra tout à l'heure. Avec Philippe.

Oh, cruelle déception! C'est donc en pensant à cet homme qu'elle me caressait comme ça! On comprendra maintenant pourquoi je pense que les humains sont vraiment de drôles de personnes.

Moi, je suis la sagesse incarnée. Je ne me bats jamais contre la réalité: je m'arrange avec elle. Quand je le peux, je l'arrange à ma manière. Toujours est-il que me voici, plutôt mélancolique, à attendre que la catastrophe s'abatte sur moi. Enfin, autour de moi, car j'ai bien l'intention de l'éviter.

La sonnerie me fait bondir. Les voici! Je gravis en vitesse l'escalier jusqu'à l'étage des chambres à coucher. Et j'attends.

Ils entrent. Michel et son fils, Philippe. Je remarque tout de suite son air décidé, son regard perçant, son allure combative. Ça ne me semble pas normal, pour un garçon de douze ans. Mais, à la réflexion, Stéphanie est un peu comme lui. Je note aussi qu'il a le teint beaucoup plus foncé que son père. Du vrai café au lait!

Baisers, bécots et bonnes paroles. Ça commence toujours comme ça, chez les humains. Mais Philippe semble bien savoir ce qu'il veut.

— J'ai apporté mon jeu, dit-il. Où est la machine?

— La machine? demande Roxane, sans comprendre.

— L'ordinateur, bien sûr! Papa m'a dit que vous en aviez un.

Ils se rendent au sous-sol, tous les trois. Ensuite, Roxane remonte avec Michel. Ils s'installent dans le salon, avec un apéritif. Tiens, Michel fume et Roxane le laisse faire. C'est vraiment de l'amour, alors! Je ne tiens pas à descendre, je ne veux pas me montrer, mais j'entends des bribes de leur conversation.

— Et il joue aux échecs! dit Roxane. C'est vraiment son jeu préféré?

— Oui. Il a un excellent programme. Et il a trouvé le niveau où il a les mêmes chances que la machine. Il trouve que c'est plus intéressant, quand il peut perdre. Comme il gagne de plus en plus souvent, il va bientôt passer au niveau suivant. C'est un méthodique.

— Il a du caractère, cet enfant! Comme son père. Mais avec moins de douceur.

— Ça aussi, il l'apprendra. Mais je te l'ai dit: c'est un hypersensible hyperactif. Jouer aux échecs, ça le tranquillise. Parce que des fois, il te fait une de ces colères!

— Et toi, qu'est-ce que tu fais?

— Je lui donne le temps de laisser retomber la pression.

Je crois que j'aime bien Michel. Il est calme, comme moi. On sent qu'il maîtrise bien sa vie.

— Tu dis que tu n'as pas de nouvelles de sa mère, rappelle Roxane. C'est un peu étonnant.

— Pas vraiment. Elle n'aimait pas vivre ici. Sa famille lui manquait. Et sa famille, c'était deux cents personnes, presque tout son village! Après trois ans, elle est retournée en Afrique. Moi, je tenais à garder Philippe, et elle voulait bien me le laisser. Comme on laisse quelque chose de précieux à quelqu'un qu'on aime beaucoup, malgré tout.

Roxane réfléchit.

— Au fond, ce n'est pas anormal, dit-elle. Ici aussi, quand les gens se séparent, ils laissent les enfants à l'un ou à l'autre. François voit souvent les filles, parce qu'il habite ici. S'il vivait ailleurs, il ne les verrait plus.

— Tes deux filles sont merveilleuses! J'espère vraiment qu'elles s'entendront bien avec Philippe!

— J'espère aussi. Mais tu dis qu'il est très susceptible. Ils auront bien des accrochages, au début.

— C'est un combatif, dit Michel. À l'école, il a quelques problèmes, à cause de sa couleur. Les enfants sont souvent cruels avec ceux qui sont différents. Philippe ne se laisse pas faire. Des fois, il revient avec des écorchures. C'est dur, la vie, mais il faut apprendre à se défendre.

C'était donc ça, son teint: Philippe est à moitié Africain. Je ne vois pas pourquoi ils semblent en faire une histoire, à son école. Moi, ça m'est tout à fait égal, qu'un chat soit blanc ou jaune, ou noir ou gris. Mais les humains sont souvent incompréhensibles.

Roxane s'excuse et se rend dans la cuisine. Je descends, prudemment. Je saute sur le divan, près de Michel. C'est encore un test. Il me caresse. C'est drôle, mais je le trouve très affectueux, presque autant que Roxane.

Le repas est enfin prêt. Mais Philippe ne veut pas monter. Il dit qu'il préfère continuer à jouer. Il se trouve à un moment passionnant de sa partie. Et puis, ça ne l'intéresse pas, de manger en écoutant des adultes. S'ils tiennent vraiment à ce qu'il soupe, eh bien, qu'ils lui apportent son repas au sous-sol.

Moi, je comprends Philippe et je sympathise avec lui. Il veut marquer son territoire. Moi aussi, je fais ça, bien souvent. Évidemment, Roxane et Michel pèsent le pour et le contre. Faut-il forcer l'enfant, pour imposer leur autorité, ou se rendre à son caprice, en l'invitant à abuser davantage?

— Eh bien, décide Roxane, nous mangerons tous les trois dans le sous-sol. On va installer la table en bas.

Philippe la regarde, bouche bée. Il ne s'y attendait pas.

— Oh, d'accord! s'écrie-t-il. Je mangerai en haut, avec vous!

Nous autres, les chats, nous ne savons pas rire. C'est notre seul défaut de fabrication. Mais je ris drôlement à l'intérieur de moi.

Après le repas, Michel annonce qu'il est temps de préparer un lit pour Philippe. Et c'est alors la crise, surprenante, inattendue. Pour une raison ou une autre, sans doute parce qu'il tenait cela pour acquis, Michel avait oublié de dire à son fils qu'ils coucheraient ici. Moi, ça ne me dérange pas vraiment. Bien sûr, si Michel couche ici, Roxane fermera la porte de la chambre et je ne pourrai pas dormir avec elle. Mais si elle s'en allait coucher chez Michel, je ne serais pas plus avancée. Et puis, de toute façon, comme toujours, on ne me demande pas mon avis.

Mais Philippe n'est pas du tout d'accord.

— Je ne veux pas coucher ici! Je veux rentrer chez nous!

C'est ahurissant. Je n'ai jamais vu une chose pareille. Philippe va dans le salon, en criant. Il prend les coussins des divans et des fauteuils et les jette à terre, sans cesser de hurler. Il fait aussi tomber des livres et des revues.

— Je ne resterai pas ici! Je veux partir!

Roxane regarde Michel, démunie. Le pauvre Michel se gratte le front, incertain. Je sens que je dois intervenir.

Philippe me plaît beaucoup. Moi aussi, quand on m'emmène en voiture, je miaule et je rechigne. Il faut soigner sa réputation, après tout! J'ai aussi remarqué que, dans sa colère, il a pris soin de ne rien casser.

Je descends les escaliers, avec mon air le plus majestueux. Philippe m'aperçoit alors, ébahi. Je le comprends: je suis tellement belle!

— C'est... c'est quoi, ça?

— C'est Turquoise, dit Roxane.

Philippe m'observe, toujours stupéfait. Je lui pardonne ses paroles. Je n'ai pas l'habitude de me faire traiter de «ça», mais les garçons n'ont pas toujours un vocabulaire adéquat. Je le dévisage, sans lui manifester plus d'intérêt, et je me rends dans la cuisine, où j'ai encore ma gamelle à moitié pleine.

Je les entends très bien d'ici.

— Alors, Philippe? Tu veux vraiment rentrer?

Silence. Et puis:

— Est-ce que je pourrai coucher avec le chat?

Je lui pardonne encore. Il n'a pas eu le temps de remarquer que j'étais une chatte. L'idée de dormir dans sa chambre ne m'attire pas particulièrement, mais il faut bien faire des petits sacrifices, de temps en temps, pour avoir la paix.

— Bien sûr, dit Roxane. Si Turquoise le veut bien.

Mon adorée! Que ne ferais-je pour lui faire plaisir!

Philippe me regarde, de loin. Il n'ose pas encore s'approcher. Je suis bien contente de l'avoir apprivoisé. Mais, à dire vrai, ce n'était pas vraiment au-dessus de mes talents.

8

JE SUIS UNE HÉROÏNE

Aujourd'hui, je suis une vedette. L'héroïne de la maison!

Ça me gêne un peu de le raconter. C'est tellement simplet! Une bagatelle! Je n'ai pas vraiment eu de mérite à faire ce que j'ai fait. Mais tout le monde me félicite et ce n'est pas désagréable.

Allons-y. Michel et son fils ont donc passé la nuit à la maison, et ils sont repartis. J'ai alors eu une bonne di-

zaine de jours de calme et de tranquil-
lité. La seule ombre au tableau, c'est
que Roxane sortait presque chaque
soir. Avec Michel, évidemment. Je
suppose qu'ils allaient au restaurant,
au cinéma, au concert, ou chez lui, ou
qu'ils se baladaient dans les parcs.
Quand on est une chatte, on ne peut
pas tout savoir.

J'aurais bien aimé que Roxane
passe plus de temps avec moi. Mais il
faut bien comprendre les humains.
Quand ils sont amoureux, ils ne sont
pas normaux. Au moins, j'avais plaisir à la sentir heureuse, le visage lu-
mineux, avec toujours une envie de
chanter.

Pendant dix jours, donc, Roxane
sortait au début de la soirée et revenait
le plus souvent aux petites heures du
matin. Je suppose qu'elle voulait pro-
fiter de l'absence de ses filles. Comme
elle fermait la plupart des lumières, la
maison devait sembler inhabitée.

Les filles sont revenues le même
jour. Évelyne, de son voyage en Europe,
et Stéphanie, de son équipée de camping. Michel est venu avec Philippe,
pour les accueillir. Ce fut un souper de
fête, un beau repas de retrouvailles.

Les deux filles avaient plein de choses à raconter, même si Évelyne semblait très fatiguée, à cause de ce qu'ils appellent le décalage horaire.

Pour la deuxième fois, Michel et son fils sont restés pour la nuit. Je crois que c'était une façon, pour Roxane, d'habituer les filles à l'idée qu'ils commençaient à faire partie de la famille. Évelyne ne s'occupait pas trop de Philippe, mais Stéphanie semblait sympathiser avec lui. De temps en temps, Michel et Roxane échangeaient un regard complice.

Philippe occupait le divan-lit, dans le sous-sol. Je suis restée quelque temps dans la chambre à coucher de Roxane. Michel m'a caressée un petit peu. Mais quand ils se sont mis à se faire des mamours, j'ai trouvé qu'il y avait trop de mouvement dans le lit et je suis descendue au salon. J'ai mangé, j'ai bu un peu d'eau, et je me suis couchée.

Au milieu de la nuit, je suis descendue en bas. Ma litière se trouve dans la salle de bains du sous-sol. J'ai fait ce que j'avais à faire. Philippe dormait profondément. Je me demandais si j'avais vraiment envie de sauter sur son lit. J'aime bien dormir près des gens, moi. Je ne prends pas de place, je suis très légère et je ne bouge presque pas.

J'hésitais encore, quand j'ai entendu du bruit. Ça venait de l'autre section de la cave, là où se trouve la salle de lavage. J'ai attendu, intriguée.

Le bruit a recommencé. Je suis allée y voir de plus près. Ça provenait d'une des petites fenêtres coulissantes qui servent à aérer et à éclairer le sous-sol.

Comme tous les chats, j'ai une excellente vision de nuit. On avait déjà découpé le moustiquaire. Deux mains jouaient avec le cadre de la fenêtre, lentement, prudemment. Essaierait-on vraiment d'entrer par là? Pourquoi ne pas sonner à la porte, comme tout le monde?

C'était vraiment étonnant! Un petit coup de cric, et les deux moitiés de la fenêtre ont été arrachées. Et puis, encore plus étonnant, un homme puis un deuxième se sont glissés dans la pièce. Ils m'ont paru plutôt jeunes.

— Tu es sûr? chuchota l'un.

— Je surveille la maison depuis une semaine, répondit l'autre, à voix basse. Il n'y a personne.

J'étais perplexe. Que faire? Je ne suis pas un chien, moi. Ce n'est pas mon travail, de chasser les voleurs. Je me suis assise près de la machine à laver, pour mieux observer les intrus.

— Comment on monte au salon?

— Je ne sais pas. Mais ne faisons pas de bruit, juste au cas.

L'un alluma une lampe de poche.

— Éteins ça! murmura l'autre. Les voisins pourraient remarquer la lumière. On y voit quand même assez pour trouver l'escalier!

En se faufilant dans l'ombre, l'un des voleurs s'approcha de moi. J'ai dit:

— Shhh.

Généralement, ça suffit. Je crois l'avoir dit, j'entretiens de près ma mauvaise réputation. En affichant mes caprices, mon sale caractère, mon tempérament difficile, je tiens plus facilement les gens à distance quand je ne veux pas être dérangée. C'est-à-dire, presque tout le temps. Alors, j'ai longtemps pratiqué toutes les nuances de mes «shhh».

— C'est quoi, ça?

— Je ne sais pas. L'escalier doit être au centre du sous-sol.

L'autre s'approcha, encore un peu trop près.

— Shhh, ai-je lancé, irritée.

— Je n'aime pas ça, dit un des voleurs. C'est comme un serpent.

— Dans une maison?

— Il y a des fous qui en ont. Je suis sûr que c'est plein de serpents!

— Du calme! C'est peut-être un chat.

— Ce n'est pas un bruit de chat! C'est un sifflement de serpent!

Il y a un rideau qui cache la laveuse et la sécheuse. Je suis passée de l'autre côté.

L'un des voleurs a ouvert la lampe de poche.

— Ça bouge! Là, le rideau!

— Éteins-moi ça, je t'ai dit!

— Je ne veux pas me faire mordre, moi! dit l'autre, en revenant près de la fenêtre.

Son complice hésita, puis se mit à marcher vers le rideau.

Un aspect désagréable de la vie des chats, c'est que nous sommes tout petits. D'un côté, nous voyons surtout les pieds des gens, à moins de lever la tête. Cela, on s'y fait. Le pire, vraiment, c'est que les gens ne font pas toujours attention et ils posent parfois leurs pieds n'importe où. Le voleur a donc repoussé le rideau, et il m'a marché sur la queue.

Cette fois, un «shhh» ne suffirait pas. J'ai donc hurlé:

— Miaaaooouuu!...

Je me suis précipitée en avant de moi, et mon front a buté contre la poubelle de métal. Celle-ci a roulé contre le radiateur, en faisant un bruit à réveiller des morts.

— Quoi? C'est quoi? cria Philippe, arraché en sursaut de je ne sais quel rêve.

Deux étages plus haut, Michel se levait en vitesse et ouvrait la porte de la chambre à coucher.

— C'est raté! dit l'un des voleurs. Partons!

Philippe, Michel et Roxane sont arrivés pendant que je rugissais de colère devant la fenêtre. Me marcher sur la queue! Quel sans-gêne!

Voilà donc comment j'ai chassé les cambrioleurs. On n'en a pas parlé dans les journaux, mais le témoignage de mon héroïsme, de mon courage et de ma débrouillardise figure sur le rapport des policiers qui sont venus peu après pour le constat d'usage.

9

LA BAGUE
DE ROXANE

Quelle nuit, quand même! C'est beau, d'être une héroïne, mais ça ne vaut pas la douceur d'une vie tranquille. On ne m'a pas donné de médaille, mais si j'en avais reçu, je l'aurais rendue tout de suite pour rester simplement seule avec Roxane.

Et puis, je savais que la catastrophe ne faisait que commencer. Première étape: le retour d'Évelyne, toujours bruyante, avec ses mille découvertes de l'Europe à raconter à droite et à gauche. Deuxième étape: le retour de Stéphanie, encore excitée par ses deux semaines de camping, et qui voulait aussi en parler. Troisième étape: l'arrivée de Michel et de Philippe, qui ne pouvaient pas s'empêcher d'ajouter à la cacophonie et au tumulte. Quatrième étape: l'intrusion des cambrioleurs, que j'ai heureusement réussi à mettre en fuite, on a vu comment. Cinquième étape: les placotages énervés en attendant la police, qui devait inspecter les dégâts.

Moi qui ai horreur des bousculades et du bruit, j'étais servie! Parce que, le lendemain, ça a continué. Dès le petit déjeuner, on s'est mis à parler, à parler, à parler! Des voleurs, de Paris, de l'Italie, de la forêt, tout pêle-mêle! Et on tenait encore à me féliciter, à me caresser, à me tripoter! Vraiment, je ne savais plus où me mettre.

J'ai cru trouver refuge dans le sous-sol, à l'endroit même de mon acte de bravoure, mais Michel est arrivé avec un marteau, un tournevis, une scie, une panoplie d'outils. Et le voilà qu'il se met à cogner, à raboter, à découper.

Ça grinçait drôlement dans ma tête, je vous le dis! Mais je n'avais pas envie de monter au salon, où les filles racontaient pour la énième fois leurs aventures à Roxane et à Philippe.

Une heure plus tard, tout le monde est venu admirer les barreaux que Michel venait de poser. J'avoue qu'il travaillait bien. Ça semblait solide, de quoi décourager d'autres visiteurs indésirables.

Que m'arriverait-il encore? Dans la vie, il faut toujours prévoir le pire. Ce serait, par exemple, que Roxane suggère à Michel de s'installer pour de bon dans la maison.

C'est ce qui s'est produit. Enfin, pas si vite. On fait d'abord un premier pas, mais on sait où ça mènera.

On était tous dans le jardin. Roxane avait servi un lunch. Philippe s'était assis sur le bord de la terrasse. Il me regardait. Je ne sais pas pourquoi, mais je l'intrigue. Ça doit être parce que je suis si belle. Il n'ose toutefois pas me toucher. La première fois qu'il a essayé, je lui ai fait la tête, avec plusieurs «shhh» bien modulés. Mais je ne m'enfuis pas. Je lui apprends à garder ses distances, tout simplement.

— Heureusement qu'ils n'ont rien pris! s'écria Évelyne.

— On a eu de la chance, c'est tout, dit Roxane. Et maintenant, avec les barreaux, on pourra dormir en paix. Merci encore, Michel!

— C'est la moindre des choses. Il faudra les remercier d'être venus un vendredi soir. Aujourd'hui, les quincailleries étaient ouvertes!

Je crois qu'on appelle ça de l'humour, chez les humains.

— Le mieux, suggéra Stéphanie, ce serait d'engager un garde de sécurité. J'ai lu un bouquin où toutes les maisons avaient un veilleur de nuit. Ça se passait en Afrique.

— Ici, dit Évelyne, ça s'appelle un mari.

Et elle éclata de rire. Roxane a rougi. Michel a fait semblant de regarder ailleurs. Mais j'ai compris que ça s'annonçait mal.

Roxane, se remarier? Michel à la maison, tous les jours et toutes les nuits? Et moi, dans tout ça? Comme d'habitude, on ne me demandait pas ce que j'en pensais.

J'étais tellement ébranlée que je n'ai pas protesté quand Philippe a commencé à me gratter la nuque. Au fond, j'aimais ça. Je n'ai pas pu m'empêcher de me mettre à ronronner.

Quand il m'a laissée pour aller manger, je me suis sentie un peu triste. Et puis, j'ai pensé que ce serait terrible, cela. M'habituer à ce garçon, moi!

La dernière catastrophe est arrivée plus tard, après le souper. Avant de se mettre à table, Roxane avait fait le tour de la maison. Durant le repas, je l'ai sentie soucieuse. Enfin, elle a dit:

— Est-ce que quelqu'un aurait vu ma bague?

— Quelle bague?

— Ma bague. Celle avec l'opale.

Non, personne ne l'avait vue. Mais, à part Philippe, tout le monde la connaissait. C'était celle que Roxane portait le plus souvent, une belle bague en or, avec une pierre aux reflets magnifiques, verts, bleus et rouges.

— Je l'ai cherchée partout. Normalement, quand je l'enlève, je la laisse sur la commode, près du lit. Elle n'y est pas. Ni à terre, ni ailleurs.

— Pourtant, remarqua Michel, les voleurs ne sont pas montés.

— Et tu la laisses des fois sur le comptoir de la cuisine, rappela Stéphanie.

— J'ai regardé. Ils ne sont pas montés là-haut non plus.

— Parfois, signala Évelyne, tu la mets sur l'évier, dans le sous-sol. Ils l'ont peut-être trouvée.

— Je n'ai pas fait de lavage à la main depuis longtemps. Et je l'ai portée, hier!

Personne n'avait vu la bague.

Moi, je savais que c'était la catastrophe qui couronnait toutes les autres catastrophes. Je la connais, ma Roxane! Cette bague, elle y tenait presque autant qu'à moi, et ce n'est pas peu dire. C'était son talisman, dans la vie.

Moi, je ne suis qu'une chatte. Qu'est-ce que je pouvais faire? Attendre le pire, en espérant que ça ne durerait pas trop longtemps.

10

QUI A VOLÉ LA BAGUE?

Roxane est un peu grippée et a pris la journée de congé. Bien sûr, cela me fait de la peine de la voir enrhumée, médicamentée, la main dans la boîte de papiers-mouchoirs. Mais, avouons-le, je suis très heureuse. Je l'ai toute la journée avec moi, mon adorée!

Chère Roxane! Si belle, si douce, si affectueuse! Je la suis de pièce en pièce, sans la lâcher une seule minute.

Je la regarde manger, faire le lavage, arranger des vases, lire, feuilleter des albums, écouter de la musique. Que je l'admire! Quand elle s'assoit sur le divan, je m'installe à côté d'elle pour qu'elle puisse me caresser.

Des fois, je complique un peu mes approches. Si je la trouve en train de lire, je m'arrête devant elle, les yeux dans le beurre. Elle a alors le choix entre sa lecture et moi. Ce n'est pas difficile: elle éloigne le livre et donne deux petites tapes sur sa cuisse. Je fais semblant de réfléchir, puis je saute sur elle. Là, je m'abandonne à ses mains, à ses doigts qui glissent dans mon poil en me faisant ronronner jusqu'à ce que je m'affale tout à fait, étourdie de plaisir.

On le sait, je suis du genre philosophe. Il n'y a pas une goutte d'égoïsme en moi. Je comprends les choses, c'est tout. Je sais que le plus grand bonheur que je peux lui donner, c'est de lui permettre de m'aimer, de me caresser.

Vraiment, comme il serait bon d'être seules au monde, elle et moi! Des journées comme aujourd'hui, c'est un régal.

Ce n'est tout de même pas parfait. On a évité une catastrophe: Michel et

Philippe ne vivent pas avec nous. Enfin, pas encore. Je les entends parler, je sais que ça viendra. Pour l'instant, cependant, c'est la paix. Il y a les deux filles, mais je m'y suis résignée depuis toujours. De toute façon, je m'arrange bien avec elles. Je crois même que je les aime.

Ce qui ne va pas, c'est plutôt quelque chose qui flotte dans l'air. L'histoire de la bague. Exactement ce que je pressentais. Roxane y attachait tellement de prix! Si elle l'avait perdue en voyage, elle n'y aurait plus pensé. Mais elle est convaincue qu'on l'a volée. Et, si on l'a volée, il y a un voleur ou une voleuse.

Depuis la nuit où les cambrioleurs sont venus, la vie n'est plus la même. Je le sens à des petits détails, des attitudes, des réactions, des comportements. Moi, pauvre petite chatte, je n'ai pas grand-chose à faire, alors je m'occupe en observant les gens. Je note tout. Les expressions, le ton des voix. Parfois, je devine les pensées, même si les humains sont très incompréhensibles.

La vie est devenue crispée. Oui, c'est bien cela. La nuit, je me promène de chambre en chambre. Je m'installe avec l'une, avec l'autre, et j'observe. C'est la même chose pour toutes les trois: le moindre bruit les fait sursauter. Elles doivent croire qu'il s'agit encore de cambrioleurs. Durant la journée, et la soirée, elles sont aussi nerveuses.

Évidemment, on ne pense pas à moi. Pourtant, la nervosité des gens, ça me trouble aussi, ça me rend nerveuse à mon tour. Mais ce qui les rend méfiantes, tristes et susceptibles, Roxane et les filles, c'est l'atmosphère de soupçon qui s'est tranquillement installée dans la maison.

Hier soir, durant le repas, Stéphanie a pris son courage à deux mains pour faire face à sa mère.

— Tu penses toujours à ta bague, n'est-ce pas?

Roxane l'a regardée fixement.

— Oui, c'est vrai.

— Mais les policiers l'ont dit: il y a de très bonnes chances qu'on ne retrouve jamais les voleurs, rappela Évelyne. Il ne sert à rien d'y penser.

Roxane a baissé les yeux, sans répondre. Mais Stéphanie ne voulait pas laisser les choses là.

— C'est alors que tu as l'impression que Michel a pu te piquer ta bague. Moi, ça me semble impossible. Il pourrait s'en payer autant qu'il en veut.

Une des qualités de Roxane, c'est qu'elle est toujours franche avec ses filles. Elle a secoué la tête, avec un sourire triste.

— Les hommes ont toutes sortes de mobiles. Cette bague, c'est un cadeau de votre père, du temps que nous nous aimions. Il se pourrait que Michel soit jaloux de lui. Que ça le dérange, de me voir toujours avec cette bague. Mais c'est aussi mon passé, c'est un beau souvenir, et je tiens à la garder et à la porter.

— Un homme jaloux, c'est aussi fatiguant qu'un voleur, déclara Évelyne. Je ne crois pas que Michel soit aussi borné. As-tu pensé à Philippe?

Là, Stéphanie a bondi.

— Philippe est un garçon très bien! Il ne prendrait jamais quelque chose qui ne lui appartient pas!

Évelyne éclata de rire et taquina sa sœur:

— Oh, que c'est magnifique! Stéphanie à la défense de son nouveau petit frère! Un premier amour en perspective!

— Ça suffit, les filles, trancha Roxane. Il ne sert à rien de continuer à parler de cela. Ça passera, c'est tout.

Mais aujourd'hui, elle y pense encore. Je le sais, je le sens, même quand elle me caresse. Et j'en ai aussi la preuve, puisqu'elle me parle souvent, même si elle sait que je ne peux pas répondre.

— Toi, Turquoise, qu'est-ce que tu en penses?

— Miaou.

Que pourrais-je dire d'autre?

— Si au moins je pouvais en avoir le cœur net! soupire-t-elle. Ce n'est pas drôle, tu sais. Stéphanie achète souvent des livres. Avec ses économies? Je ne sais plus. Et Évelyne... Des fois, je crois qu'elle a des mauvaises fréquentations. Mais voler sa mère... Je n'arrive pas à y croire vraiment, mais... C'est que tout est possible, dans la vie...

Je ronronne, pour la calmer. Quelle situation, quand même! Comment s'en sortir? J'ai beaucoup de moyens, mais je ne suis quand même qu'une chatte, et tout à fait incapable de lui confirmer que les voleurs n'ont pas eu le temps de prendre quoi que ce soit.

D'ailleurs, si ce n'est pas eux, c'est qui?

11

LA TENSION MONTE

Ma Roxane est malheureuse, et je n'y puis rien. C'est très triste, au fond. Elle se surveille, mais elle devient parfois un tantinet agressive. Ça ne lui ressemble pas. Elle n'a jamais été comme ça. Je sais que ce n'est pas vraiment la bague, mais l'impression de ne plus pouvoir faire confiance aux gens. Et ce qui la désole encore plus, je suppose, c'est de savoir que, s'il y a un coupable, un seul, ou une coupable, une seule, elle est quand même en train de rendre la vie misérable à tous ceux qui l'entourent.

Michel a dû s'absenter pour deux jours et Roxane a tout de suite offert de garder Philippe. Moi, on peut me laisser seule pendant deux jours, ou trois, ou même quatre, et je m'arrange toujours très bien. On remplit mon bol de nourriture sèche, et ça va. Les enfants, c'est plus fragile, il leur faut de la compagnie.

Philippe est donc ici. C'est vraiment un drôle de garçon. Il peut passer des heures à jouer aux échecs avec sa machine, sans déranger personne, sans rien demander, tellement qu'on oublie qu'il est là. Quand il s'amuse avec d'autres enfants, il s'énerve vite, il fait du bruit, il court, il parle à voix haute, on dirait une autre personne.

C'est ce qui arrive en ce moment. Curieusement, c'est avec Stéphanie. Elle, ma studieuse, ma tranquille Stéphanie, quand elle joue avec Philippe, on croirait avoir affaire à une écervelée. Pas toujours, et même pas très souvent. Mais parfois, quand ils sont ensemble, les deux s'excitent et crient et font du tapage. Ils sont même pires qu'Évelyne avec ses amis musiciens.

Là, ils sont en train de jouer aux cartes. Au dix de cœur? À la reine de pique? À la canasta? Je ne sais pas vraiment. Je ne peux pas tout deviner, moi! Et soudain:

— Tu triches! Tu n'as pas le droit!

— Tu dis ça parce que tu perds!

— Tu as regardé dans mon jeu!

— Jamais de la vie! Mais si tu montres tes cartes, je ne suis pas aveugle!

Ils n'ont pourtant pas l'air de se battre. Ils rient, ils parlent fort, et ça les amuse. Mais Roxane descend. Elle ne semble pas contente.

— Vous avez fini, non? J'écoute de la musique, moi!

— Oui, maman, dit Stéphanie, d'un air condescendant.

— Et ne me parle par sur ce ton! Tu ferais mieux de faire tes devoirs au lieu de nous casser les oreilles.

— Je les ai finis.

— Il y a toujours des choses à étudier. Toi aussi, Philippe.

Philippe est en visite, mais ça ne le rend pas moins irritable.

— Moi, je fais ce que je veux! crie-t-il. Et si j'ai envie de faire du bruit, je fais du bruit!

— Pas chez moi! lance Roxane.

— Tu m'as dit qu'ici, c'était chez moi!

— Tant que tu te conduis comme du monde! riposte-t-elle. Depuis que tu es là, on se croirait dans une foire!

— Alors, je veux rentrer chez moi! Tout de suite!

Roxane le regarde, incertaine. Je crois qu'elle sait qu'elle a un peu exagéré, mais elle ne sait pas comment reculer. Et Philippe se met à serrer les poings et à donner des coups sur la table, en hurlant.

— Je veux rentrer! Je veux partir d'ici!

Je sens que je dois intervenir. Je m'approche et je me frotte contre ses jambes. Il s'arrête: je ne me suis jamais montrée aussi affectueuse avec lui. Je ronronne. Il me caresse le dos. Cette fois, je me laisse faire, et il oublie sa mauvaise humeur.

Le calme est revenu, grâce à moi. Roxane remonte au salon. Je vais la rejoindre, un peu plus tard. Elle en veut à Philippe et elle s'en veut à elle-même de s'être mise en colère. Quand elle commence à me caresser, elle aussi, elle se sent mieux. Mais ses yeux sont un peu mouillés.

Moi, je fais ce que je peux. Je voudrais tellement qu'elle soit heureuse! Comme avant qu'elle ait perdu sa bague. Comme avant qu'elle rencontre Michel. Ce n'est pas possible, je le sais. Alors, je lui tiens compagnie, c'est tout.

Je sens quand même qu'elle n'est pas dans son assiette. Stéphanie et Philippe sont déjà allés se coucher. Au lieu de faire de même, Roxane attend, dans le salon, en lisant un livre. À toutes les deux minutes, elle consulte sa montre. Ça n'annonce rien de bon.

Finalement, j'entends un bruit de moteur, dehors. Ensuite, la voiture qui s'en va. Et Évelyne qui rentre, souriante, radieuse.

— Sais-tu quelle heure il est? dit Roxane, l'air sévère.

— Il n'est pas encore minuit.

— Il est minuit moins cinq! Je t'ai dit mille fois que je ne voulais pas te voir rentrer à de telles heures!

— Ça ne m'arrive pas souvent, quand même! proteste Évelyne.

— Une seule fois, c'est une fois de trop! Tu ne sortiras plus pendant une semaine, un point c'est tout!

J'écoute, intriguée, un peu inquiète. La plupart du temps, Roxane demande à sa fille des nouvelles de sa soirée, ce qu'elle a fait, comment ça s'est passé. Gentiment. Ce soir, elle semble hostile. À cause de sa nervosité.

— Je sortirai quand ça me tente! lance Évelyne, qui a souvent mauvais caractère quand on lui marche sur les pieds. Une maison, ce n'est pas une prison!

— Tu as encore été voir Étienne, je le sais! Sa mère m'a dit que vous passez toujours la soirée dans sa chambre. Et c'est inacceptable!

— Dans ton temps, peut-être.

— Tu ne vas pas commencer à me narguer!

— Quand même, j'ai bientôt seize ans, maman!

— Allez, va te coucher! On en reparlera demain!

Elles disparaissent dans leur chambre, chacune de son côté, sans même s'être embrassées. Ça va mal, ça va mal!

12

UNE PETITE
CONVERSATION

Je ne suis pas fière de moi.

Oh, je n'ai rien fait! Et ça n'enlève rien à mes qualités! Tout simplement... Enfin, je vais tout raconter.

C'était une conversation, tout simplement. Philippe était retourné chez son père. Très heureux, d'ailleurs. Pas heureux de rentrer chez lui, mais bien content de son séjour à la maison.

Après tout, il avait réussi à me caresser, souvent et longtemps.

Là, on comprend qu'il s'agissait de lui, et pas de moi. Je voulais lui faire plaisir, c'est tout. Moi, je n'ai besoin de personne. Sauf de Roxane, bien entendu. Parce que je l'aime. On a toujours besoin des gens qu'on aime. C'est étrange, mais il y a bien des choses étranges dans la vie.

Philippe, c'est un hyperactif hypersensible. Je crois que je l'ai déjà dit, mais il faut toujours répéter, pour se faire comprendre. Moi, j'ai découvert tout de suite ce qu'il fallait pour le calmer. Pas lui donner de l'amour: son père l'aime suffisamment. Non, il fallait lui donner l'occasion d'aimer quelqu'un. Moi, en l'occurrence.

C'est comme ça. Dès qu'il me voit, et dès qu'il peut me flatter, me cajoler, me caresser, le voilà calme comme une image. Je ronronne, et on m'entend de loin, mais j'entends aussi son cœur qui bat. Il est heureux.

Pourvu qu'il ne devienne pas accaparant, quand même! L'amour, ça dérange toujours. Ça dérange ceux qui aiment et ça dérange ceux qui sont aimés. C'est vraiment une drôle de chose. Lui, je l'ai entendu, il insiste pour être avec moi. Il me gratte la nuque, et sous la gorge, et le long du dos, et il est heureux. Moi aussi, bien sûr. Mais je fais ça surtout pour lui.

D'accord, je suis un peu hypocrite. Un tout petit peu. C'est vrai que je commence à l'aimer.

Laissons cela de côté. Je voulais parler de cette fameuse conversation. Ça s'est passé dans le sous-sol. Évelyne et Stéphanie jouaient aux dominos. Je les regardais, perplexe. Moi, j'aime bien courir après une boule. Je saute dessus, je la tripote entre mes pattes, je la jette loin de moi, je me précipite, je la reprends... Les filles, elles, elles s'amusent à placer des jetons les uns contre les autres sur la table. J'ai depuis longtemps renoncé à comprendre ce qui les fascine dans leurs jeux.

Tout à coup, ça a démarré.

— Je la trouve de plus en plus difficile, notre mère.

— À qui le dis-tu! approuva Stéphanie.

— Et qu'est-ce qu'on peut faire? Quand je reste à la maison, ça l'irrite. Quand je sors, elle trouve moyen de me critiquer. J'ai tellement envie de partir!

— Ça m'arrive de plus en plus, à moi aussi! Me faire sermonner pour des bagatelles, je commence à en avoir assez!

Ça devenait très intéressant. J'ai dressé les oreilles. Heureusement, dans des situations du genre, personne ne s'occupe des chats.

— J'ai vraiment envie de faire une fugue, annonça Évelyne. Partir, aller ailleurs, loin! Oh, pas longtemps! Je reviendrai dans une dizaine de jours, et elle aura compris qu'elle ne peut pas nous bousculer comme ça.

— Et si ça tourne mal?

— Qu'est-ce qui pourrait m'arriver?

— Tu le sais bien! Où est-ce que tu vivras? Chez Étienne?

— Certainement pas! Ses parents appelleraient ma mère. Non, je me dé-brouillerai pour trouver des gens de mon âge qui ont quitté leur maison. Il y en a beaucoup, tu sais! Ils sauront me conseiller.

Stéphanie est peut-être bien jeune, mais elle utilise sa matière grise.

— On nous en a parlé, à l'école, dit-elle. La drogue, la prostitution, le vol... On finira par t'arrêter.

— Au point où j'en suis!... soupira Évelyne.

— Et si on t'enferme, comme délinquante juvénile?

— Eh bien, là aussi, elle comprendra qu'elle nous rendait la vie impossible!

Stéphanie se mit à déplacer des jetons. Elle ne les regardait même pas. Elle réfléchissait.

— Ce n'est pas la meilleure solution.

— Qu'as-tu de mieux à proposer, toi qui es si intelligente?

— On en parle à papa, la prochaine fois qu'on le voit, proposa Stéphanie. On lui dit qu'on veut vivre avec lui, c'est tout.

Évelyne examina rapidement cette option.

— C'est une très bonne idée! Mais la prochaine fois qu'on le voit, c'est dans trois semaines. Il vaudrait mieux partir demain. Aller chez lui, tout simplement. Lui dire qu'on en a ras-le-bol. Il ne nous chassera pas.

— Demain, c'est trop tôt, dit Stéphanie. Attendons encore quelques jours. Après tout, ça peut encore s'arranger.

— D'accord. Mais une semaine, pas plus!

Et voilà pourquoi je ne suis pas fière de moi. Parce que je suis contente. Si les filles s'en vont, je resterai seule avec Roxane. Ce serait magnifique! Mais ça me désole de faire mon bonheur sur le malheur des autres.

Après tout, je sais bien où elle est, la bague.

13

LA RÉCONCILIATION

La catastrophe est arrivée.

La première scène s'est passée dans la cuisine, le matin. Roxane et les filles prenaient le petit déjeuner. Comme c'est compliqué, les humains! Moi, je mange toujours la même chose, ou à peu près. Et sans difficulté, sans fourchette, sans cuiller, sans perdre du temps à faire griller des toasts, à les beurrer, à ouvrir des pots de yogourt, à verser du jus d'orange dans des verres, à choisir des céréales ou du fromage...

J'avais donc la tête dans mon bol, à manger tranquillement, en regardant distraitement les filles. Tout le monde était enfin assis autour de la table. Et Roxane s'est alors croisé les bras.

— Évelyne, Stéphanie, je vous remercie beaucoup.

Elles ont levé les yeux. Moi aussi.

— Vous avez été très patientes et très gentilles. Je vous aime beaucoup! Moi, je n'étais pas dans mon assiette. Je me suis parfois énervée, j'ai été brusque, et je le regrette.

Les deux filles se sont regardées. J'ai remarqué qu'Évelyne avait une larme au bord de l'œil.

— Nous aussi, on t'aime beaucoup, maman!

Elles lui ont passé les bras autour du cou. Baisers, bécots et tout le reste.

— Et maintenant, passez une belle journée à l'école!

— Toi aussi, maman.

♥

La deuxième scène s'est jouée le soir. Roxane est revenue du travail en chantant. Enfin, elle ne chantait pas, mais c'était pareil. On lisait tout le bonheur du monde sur son visage. Évidemment, ce n'était pas parce qu'elle me retrouvait après une dure journée de labeur. Elle était contente d'avoir fait la paix avec ses filles, c'est tout. N'empêche, je l'ai accueillie en ronronnant.

J'avoue que j'avais encore un petit regret sur le cœur. Oh, si les filles étaient allées vivre chez leur père, en me laissant seule avec Roxane!... Mais je suis une réaliste. On ne peut pas tout avoir, dans la vie. Surtout quand on n'est qu'une chatte. Le soleil ne se montre pas vingt-quatre heures sur vingt-quatre, et on a bien de la chance de l'avoir au moins la moitié du temps.

Le repas s'est très bien passé. Comme avant l'histoire de la bague, quand tout le monde était toujours de bonne humeur. Et la conversation était intéressante.

— Alors, franchement, comment vous le trouvez, Michel?

— Très bien, dit Stéphanie.

Elle se demandait pourtant pourquoi sa mère leur posait une telle question.

— Ne fais pas l'innocente, toi la brillante! s'exclama Évelyne.

Et elle se tourna vers Roxane.

— Nous sommes d'accord, maman. Si tu veux qu'il vienne vivre avec nous, c'est parfait!

— C'est qu'on ne décide pas ces choses-là à la légère...

— Quand les gens s'aiment, il est normal qu'ils vivent ensemble! Et nous, on aime te voir heureuse.

Roxane sourit. Elle était très émue.

— Et Philippe? Comment le trouvez-vous?

— Oh, il n'est pas trop pire..., dit Évelyne.

— Il est très bien! lança Stéphanie. Moi, je suis très contente de penser qu'il vivra avec nous.

♥

La troisième scène, c'est aujourd'hui. Michel est arrivé avec Philippe, deux valises et plusieurs boîtes. Ils ont passé la journée à s'installer. Je crois comprendre que c'est un arrangement temporaire et qu'il garde encore son autre maison.

Moi, on me connaît: je suis parfaite. Il faut dire que, dans mon cas, ce n'est pas vraiment difficile. Je n'ai qu'à me laisser aller. On n'a pas de mérite à être soi-même, n'est-ce pas? Alors, je me suis arrangée pour me tenir près de Philippe. Il me semblait nerveux. Je lui ai permis de me caresser, et ça l'a mis de très bonne humeur.

J'ai même fait mieux. Il a eu l'idée d'accrocher une souris d'étoffe à un fil élastique, et j'ai joué avec lui. Je sautais sur la souris, il la reprenait, il me la redonnait, et on a passé un bon bout de temps comme ça. À mon âge, ce n'est pas une mince affaire de sautiller comme un chaton. Nous nous sommes bien amusés et j'ai beaucoup ri. Enfin, un rire de chatte. Mais je crois que Philippe me comprend.

♥

La quatrième scène a eu lieu dans la chambre à coucher de Roxane. Je m'étais étendue sur le lit pour me reposer de Philippe quand Roxane et Michel sont entrés. Je me sentais vraiment fatiguée. La vie ne serait jamais comme avant, avec ces deux hommes dans la maison! Et, en installant Philippe au sous-sol, ils ne m'avaient vraiment pas laissé de coin pour être tranquille.

J'ai ouvert discrètement un œil. Allaient-ils comprendre qu'ils étaient de trop, que j'avais besoin de souffler un peu? Non, bien sûr! Ils se sont embrassés, ils se sont faits des mamours, en faisant trembler le lit. Comment pouvais-je dormir, dans ces conditions? Des fois, les humains ne pensent qu'à eux, sans s'occuper de notre existence.

Heureusement, ça n'a pas duré trop longtemps. Roxane s'est installée devant son miroir et a commencé à se maquiller. Michel se mettait une cravate. Et ils se sont mis à parler.

— J'ai pensé à une chose, dit-il, mais je voulais t'en parler avant. Il s'agit de ta bague.

— Oui? répondit-elle, un peu sur la défensive.

— J'aimerais beaucoup t'en offrir une. Pour célébrer cette journée. Une bague tout à fait pareille à l'autre, avec la plus belle opale qu'on puisse trouver.

Roxane l'a regardé, avec un sourire plutôt mélancolique.

— C'est très gentil à toi, et tu as raison d'en parler d'abord. Non, je ne veux pas.

— Pourquoi?

— Parce que ce ne serait pas ma bague.

Les humains sont comme ça. Il ne faut pas essayer de les comprendre.

— Pourtant, tu y penses toujours. Je le sens.

— C'est vrai, dit Roxane. Pour moi, c'est une perte irrémédiable. Et ça doit rester comme ça. Et il vaut mieux ne jamais plus en parler, mon amour. Une autre bague, une bague de toi, ça me ferait plaisir. Mais pas pour essayer de remplacer l'autre.

Ce soir-là, ils sortaient ensemble. Je crois qu'ils allaient au cinéma. Avant de partir, ils ont embrassé les enfants.

— Surtout, ne rentrez pas trop tard, dit Évelyne.

Roxane s'est arrêtée, interloquée. Quelle remarque malicieuse! Et elle a éclaté de rire.

Au moins, la bonne humeur était revenue. Mais je comprenais bien que je devais faire quelque chose à propos de la bague, autrement ma Roxane garderait toujours ce mauvais souvenir sur le cœur. Mais comment faire? Ah, si j'étais un gorille, un serpent ou un éléphant! Avec mes petits muscles de chatte, je ne savais vraiment pas comment m'y prendre.

14

ET VOILÀ,
J'AI TOUT ARRANGÉ!

Finalement, ça n'a pas été si dur que ça. Tout ne va pas exactement sur des roulettes, mais il n'y a pas d'accrochages, d'animosités, de disputes. Michel se sent parfois un petit peu comme un intrus. Il ne veut pas jouer le rôle du père qu'il n'est pas, et il ne sait pas trop quelle attitude prendre avec les filles. Il se débrouille quand même très bien, et les filles s'entendent de mieux en mieux avec lui.

Philippe, ça varie, comme la température. Évelyne fait souvent comme s'il n'existait pas, et ça l'irrite, mais Stéphanie apprécie vivement sa compagnie. Ils passent beaucoup de temps ensemble. Le plus drôle, c'est qu'elle le bat souvent aux échecs. Mais, curieusement, il aime ça. Il dit que ça le stimule.

Moi, j'ai fait un effort monumental. C'est arrivé un peu par hasard, et j'en ai fait une habitude: je permets à Philippe de me peigner. Le matin, quand il a fini sa toilette, je saute sur son lit. Il prend la brosse et il me la passe doucement sur le dos, et parfois sur le ventre. Je me laisse faire. Je crois que j'aime ça. Il est tellement doux, et tellement prudent! Quand il me tire quelques poils, par mégarde, je miaule à peine. J'ai sans doute commencé à l'aimer. Et lui, ça lui fait tellement plaisir!

Roxane est toujours radieuse. Elle observe tout, elle surveille tout, elle contrôle la situation, sans jamais s'imposer. Des fois, elle me prend dans ses bras et me laisse écouter son cœur.

C'est très bon. Je l'aime tellement quand elle est heureuse!

Là, ils ont tous une grande discussion dans le salon. Je m'approche, au cas où ça me concernerait.

— Michel a trouvé la maison qu'il nous faut, annonce Roxane.

Je dresse l'oreille, et même les deux. Je n'aime pas beaucoup ça.

Michel s'empare d'un plan sur l'étagère et l'étale sur la table à café.

— Alors, qu'est-ce que vous en dites?

Les réponses jaillissent comme un feu d'artifice.

— Ça a l'air grand!

— C'est beau!

— Est-ce que c'est loin?

— Il y a plein de chambres! C'est magnifique!

— Et tu as vu le jardin?

— Quand est-ce qu'on déménage?

Là, je m'écrase. Ce n'est pas difficile, puisque je suis déjà couchée.

Ça, c'est l'horreur des horreurs, la catastrophe dans la catastrophe! Déménager! Moi qui n'aime surtout pas être dérangée dans mes habitudes!

J'ai pourtant fait des efforts méritoires, moi! J'ai bien supporté l'arrivée de Michel et de Philippe! J'ai été la plus gentille des chattes! Et pour me récompenser, on veut tout chambarder autour de moi!

Bien sûr, je me raisonne, je me calme. Je le sais bien qu'on ne me demandera pas mon avis! Moi, je ne compte pas, dans tout ça!

— J'ai déjà choisi ma chambre, déclare Stéphanie. Celle qui donne sur le côté.

— Moi, dit Évelyne, je prendrai celle d'en arrière. Comme ça, ce sera plus privé. Après tout, je suis déjà une jeune fille!

Quand elle parle de cette façon, je la trouve adorable.

— Et maman et Michel, ce sera la plus grande, au bout du corridor, ajoute Stéphanie. Comme ça, vous n'aurez plus l'impression qu'on vous écoute!

Il y a des petits éclats de rire. Roxane bafouille quelque chose, que je ne comprends pas.

— Et ici, dit Philippe, on pourra installer Turquoise. Elle a besoin d'un coin tranquille, elle aussi. Et ce sera près de ma chambre!

Le cher trésor! Il a pensé à moi!

106

Je suis quand même bien ébranlée. Si au moins on pouvait changer de maison sans tout chambarder! Mais je sais qu'il y aura du brouhaha, du mouvement, des boîtes, des valises, des déménageurs!

Là, Michel se lève.

— Tu es prêt, Philippe? On va aller te les acheter, tes patins.

— Oh oui! Tout de suite!

— Je peux aller avec vous? demande Stéphanie.

— Bien sûr!

Me voilà donc seule avec Roxane et Évelyne. Roxane se sert un apéritif et sort dans le jardin. Évelyne prend un verre de jus de pomme et je la rejoins. Moi, je ne prends rien, puisqu'on ne m'a rien offert. Mais je suis habituée.

— Ça doit être cher, une maison comme ça! dit Évelyne.

— C'est vrai, mais en vendant celle-ci et celle de Michel, on peut se la payer facilement. Et elle est vraiment bien! Tout à fait ce qu'il nous faut.

— Pourtant, tu n'as pas l'air tout à fait heureuse.

Il faut dire qu'en vieillissant, Évelyne devient de plus en plus perspicace.

Moi, je l'aime bien. Ça fera une belle adulte, comme sa mère.

Roxane sourit, en regardant son verre.

— Partir, c'est quand même triste. Nous avons passé de très belles années ici, n'est-ce pas?

— Une maison, c'est une maison, maman! Pas des chaînes!

— Je le sais bien! Ici, nous sommes trop à l'étroit. C'est pour ça qu'on a cherché autre chose. J'ai quand même l'impression que je laisserai ici des choses irremplaçables.

Évelyne la regarde, avec un air qui en dit long.

— Toi, tu penses encore à ta bague!

— Voyons, Évelyne! Ça fait des semaines que je n'en ai pas parlé!

— Avant, on savait que tu y pensais parce que tu en parlais. Et maintenant, on sait que tu y penses parce que tu n'en parles pas!

Je me gratte l'oreille, puis le cou. À sa façon, Évelyne est très intelligente. C'est vrai, quand même! Tant d'histoires pour une bague! Moi qui ai de la peine à m'habituer à mon collier anti-puces!

— Tu as raison, Évelyne. Mais, des fois, on ne peut pas être tout à fait raisonnable. Il y a des regrets, des choses qui nous manquent, des petites échardes dont on ne se débarrasse pas. Ça disparaîtra, avec le temps.

C'est alors que j'ai eu une bonne idée. J'aurais pu y penser avant, mais j'hésitais encore. Dans le métier de chatte de maison, il faut faire attention à ne pas montrer aux humains que nous les comprenons. S'ils s'en doutaient, ils en abuseraient certainement. C'est pourquoi je me suis toujours tue, par prudence, en attendant que le hasard fasse ce qu'il y avait à faire.

Là, je sais que ma Roxane déménagera un peu à contrecœur. Elle a un petit chagrin caché au fond du cœur, qui l'empêche d'être complètement heureuse. Sa vie serait tellement plus belle s'il n'y avait pas cette ombre désagréable qui lui voile le regard!

Alors, j'attends. J'attends qu'elle ait fini son verre. J'attends que Michel rentre avec Philippe, tout fier de ses nouveaux patins. J'attends que le repas prenne fin et que la soirée s'achève.

Malheureusement, ils se couchent rapidement, sans s'occuper de moi,

sans me donner le temps d'intervenir. Alors, j'attends encore. Ils dorment, tendrement blottis l'un contre l'autre. Je veille sur leur sommeil. J'attends que le matin arrive.

Et voici! Roxane ouvre l'œil. Là, je me frotte contre son visage. Je sais qu'elle n'aime pas avoir mon poil sur le visage, mais ça l'amuse. Elle me repousse, en riant. Et je saute près de la commode.

— Miaou!

Michel se réveille, lui aussi. Ils me regardent, étonnés. J'essaie de glisser ma patte derrière la commode.

— Miaaaaouuu!

— Mais qu'est-ce qu'elle a, ta chatte?

— Je ne sais pas, dit Roxane, perplexe.

— Miiiiaaaaaaooooouuuuuuuu!

— Vraiment, ce n'est pas normal! C'est comme si elle cherchait quelque chose derrière la commode.

— Une souris?

— Je vais voir, décide Michel.

Il prend le meuble dans ses bras, le soulève, le repousse. J'étends la patte, et je me mets à jouer avec l'anneau.

— Ma bague! s'écrie Roxane, sidérée. C'est ma bague!

— Ça alors! lance Michel, stupéfait.

Roxane, en reniflant, prend sa bague, l'examine de tous les côtés et se la passe autour du doigt. Et elle me regarde.

— Toi, Turquoise, tu es magnifique! Et tu l'as trouvée toute seule!

Elle me serre contre elle, en me caressant la tête. Je jubile et je ronronne. Je sais que je viens de faire revenir le soleil.

Évidemment, je suis de nouveau la vedette de la maison. Tout le monde me félicite à qui mieux mieux. Je fais semblant que c'était tout naturel.

Et voilà! Maintenant que j'ai tout arrangé, tout le monde est content et on pourra déménager en paix. Déménager! J'en frémis d'avance. Mais ça ne fait rien. La vérité, c'est que ça vaut le coup de faire le bonheur des autres, même si ça dérange un peu notre vie.

Table

Collection Papillon

Imprimé au Canada

METROLITHO
Sherbrooke (Québec)